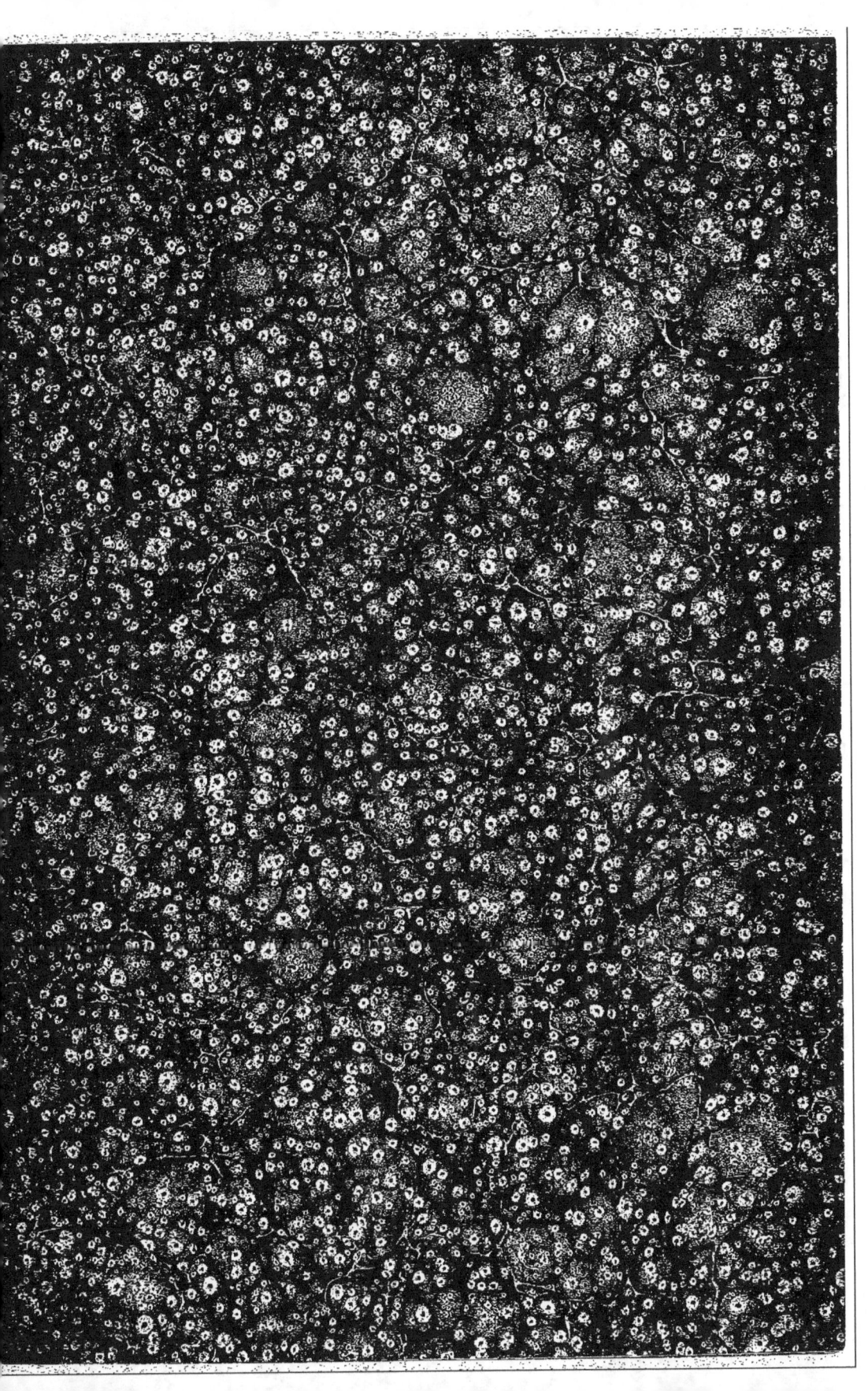

Ye   4992

ÉLOA,

OU

LA SOEUR DES ANGES.

Mystere.

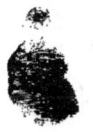

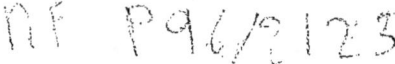

AMBROISE TARDIEU, ÉDITEUR.

C.

IMPRIMERIE DE FIRMIN DIDOT, RUE JACOB, N° 24.

ÉLOA,

ou

LA SOEUR DES ANGES.

Mystere.

PAR LE Cᵗᵉ ALFRED DE VIGNY,

AUTEUR DU TRAPISTE, etc.

> C'est le serpent, dit-elle ; je l'ai écouté,
> et il m'a trompée.　　　(GENÈSE.)

Paris,

AUGUSTE BOULLAND ET Cᴵᴱ, LIBRAIRES,
RUE DU BATTOIR, Nᵒ 12.

1824.

CHANT PREMIER.

Naissance.

ÉLOA.

Chant Premier.

NAISSANCE.

Il naquit sur la terre un Ange, dans le temps
Où le Médiateur sauvait ses habitants.
Avec sa suite obscure et comme lui bannie,
Jésus avait quitté les murs de Béthanie;

1.

A travers la campagne il fuyait d'un pas lent,

Quelquefois s'arrêtait, priant et consolant,

Assis au bord d'un champ le prenait pour symbole,

Ou du Samaritain disait la parabole,

La brebis égarée, ou le mauvais pasteur,

Ou le sépulcre blanc pareil à l'imposteur;

Et de là poursuivant sa paisible conquête,

De la Chananéenne écoutait la requête,

A la fille sans guide enseignait ses chemins,

Puis aux petits enfants il imposait les mains.

L'aveugle-né voyait sans pouvoir le comprendre

Le lépreux et le sourd se toucher et s'entendre,

Et tous lui consacrant des larmes pour adieu,

Ils quittaient le désert où l'on exilait Dieu.

Fils de l'homme et sujet aux maux de la naissance,

Il les commençait tous par le plus grand, l'absence,

Abandonnant sa ville et subissant l'Édit,

Pour accomplir, en tout, ce qu'on avait prédit.

Or, pendant ces temps-là, ses amis en Judée
Voyaient venir leur fin qu'il avait retardée;
Lazare qu'il aimait et ne visitait plus
Vint à mourir, ses jours étant tous révolus.
Mais l'amitié de Dieu n'est-elle pas la vie?
Il partit dans la nuit; sa marche était suivie
Par les deux jeunes sœurs du malade expiré,
Chez qui dans ses périls il s'était retiré.
C'était Marthe et Marie; or, Marie était celle
Qui versa les parfums et fit blâmer son zèle.
Tous s'affligeaient; Jésus disait en vain: Il dort.
Et lui-même en voyant le linceul et le mort,
Il pleura. Larme sainte à l'amitié donnée,
Oh! vous ne fûtes point aux vents abandonnée!
Des Séraphins penchés l'urne de diamant,
Invisible aux mortels vous reçut mollement,
Et comme une merveille, au Ciel même étonnante,
Aux pieds de l'Éternel vous porta rayonnante.

De l'œil toujours ouvert un regard complaisant
Émut et fit briller l'ineffable présent;
Et l'Esprit-Saint sur elle épanchant sa puissance,
Donna l'ame et la vie à la divine essence.
Comme l'encens qui brûle aux rayons du soleil
Se change en un feu pur, éclatant et vermeil,
On vit alors du sein de l'urne éblouissante,
S'élever une forme et blanche et grandissante,
Une voix s'entendit qui disait : Éloa!
Et l'Ange apparaissant répondit : Me voilà.

———

Toute parée, aux yeux du Ciel qui la contemple,
Elle marche vers Dieu comme une épouse au Temple.
Son beau front est serein et pur comme un beau lis,
Et d'un voile d'azur il soulève les plis;

Ses cheveux partagés comme des gerbes blondes,

Dans les vapeurs de l'air perdent leurs molles ondes,

Comme on voit la Comète errante dans les cieux

Fondre au sein de la nuit ses rayons gracieux ;

Une rose aux lueurs de l'aube matinale

N'a pas de son teint frais la rougeur virginale ;

Et la lune, des bois éclairant l'épaisseur,

D'un de ses doux regards n'atteint pas la douceur.

Ses ailes sont d'argent ; sous une pâle robe,

Son pied blanc tour-à-tour se montre et se dérobe,

Et son sein agité, mais à peine aperçu,

Soulève les contours du céleste tissu.

C'est une femme aussi, c'est une Ange charmante ;

Car ce peuple d'Esprits, cette famille aimante,

Qui, pour nous, près de nous, prie et veille toujours,

Unit sa pure essence en de saintes amours :

L'Archange Raphaël, lorsqu'il vint sur la Terre,

Sous le berceau d'Éden conta ce doux mystère.

Mais nulle de ces sœurs que Dieu créa pour eux
N'apporta plus de joie au ciel des Bienheureux.

Les Chérubins brûlants qu'enveloppent six ailes,
Les tendres Séraphins, Dieux des amours fidèles,
Les Trônes, les Vertus, les Princes, les Ardeurs,
Les Dominations, les Gardiens, les Splendeurs,
Et les Rêves pieux, et les saintes Louanges,
Et tous les Anges purs, et tous les grands Archanges,
Et tout ce que le Ciel renferme d'habitants,
Tous, de leurs ailes d'or voilés en même temps,
Abaissèrent leurs fronts jusqu'à ses pieds de neige,
Et les Vierges ses sœurs s'unissant en cortège,
Comme autour de la Lune on voit les feux du soir,
Se tenant par la main coururent pour la voir.

Des harpes d'or pendaient à leur chaste ceinture ;
Et des fleurs qu'au Ciel seul fit germer la nature,
Des fleurs qu'on ne voit pas dans l'Été des humains,
Comme une large pluie abondaient sous leurs mains.

———

« Heureux, chantaient alors des voix incomparables,
« Heureux le monde offert à ses pas secourables !
« Quand elle aura passé parmi les malheureux,
« L'esprit consolateur se répandra sur eux.
« Quel globe attend ses pas ? Quel siècle la demande ?
« Naîtra-t-il d'autres Cieux afin qu'elle y commande ?

———

Un jour.... Comment oser nommer du nom de jour,

Ce qui n'a pas de fuite et n'a pas de retour,

Des langages humains défiant l'indigence,

L'Éternité se voile à notre intelligence,

Et pour nous faire entendre un de ses courts instants,

Il faut chercher pour eux un nom parmi les Temps.

Un jour les habitants de l'immortel empire,

Imprudents une fois, s'unissaient pour l'instruire.

« Eloa, disaient-ils, oh! veillez bien sur vous :

« Un Ange peut tomber; le plus beau de nous tous

« N'est plus ici : pourtant dans sa vertu première

« On le nommait *celui qui porte la lumière;*

« Car il portait l'amour et la vie en tout lieu,

« Aux astres il portait tous les ordres de Dieu;

« La Terre consacrait sa beauté sans égale,

« Appelant *Lucifer* l'étoile matinale,

« Diamant radieux que sur son front vermeil,

« Parmi ses cheveux d'or, a posé le Soleil.

« Mais on dit qu'à présent il est sans diadème,

« Qu'il gémit, qu'il est seul, que personne ne l'aime,

« Que la noirceur d'un crime appesantit ses yeux,

« Qu'il ne sait plus parler le langage des Cieux;

« La mort est dans les mots que prononce sa bouche;

« Il brûle ce qu'il voit, il flétrit ce qu'il touche;

« Il ne peut plus sentir le mal ni les bienfaits;

« Il est même sans joie aux malheurs qu'il a faits.

« Le Ciel qu'il habita se trouble à sa mémoire,

« Nul Ange n'osera vous conter son histoire,

« Aucun Saint n'oserait dire une fois son nom. »

Et l'on crut qu'Eloa le maudirait. Mais non,

L'effroi n'altéra point son paisible visage;

Et ce fut pour le Ciel un alarmant présage.

Son premier mouvement ne fut pas de frémir,

Mais plutôt d'approcher comme pour secourir;

La tristesse apparut sur sa lèvre glacée

Aussitôt qu'un malheur s'offrit à sa pensée;

Elle apprit à rêver, et son front innocent
De ce trouble inconnu rougit en s'abaissant;
Une larme brillait auprès de sa paupière.
Heureux ceux dont le cœur verse ainsi la première!

———

Un Ange eut ces ennuis qui troublent tant nos jours,
Et poursuivent les grands dans la pompe des cours;
Mais au sein des banquets, parmi la multitude,
Un homme qui gémit trouve la solitude;
Le bruit des Nations, le bruit que font les Rois,
Rien n'éteint dans son cœur une plus forte voix.
Harpes du Paradis, vous étiez sans prodiges!
Chars vivants dont les yeux ont d'éclatants prestiges,
Armures du Seigneur, pavillons du saint lieu,
Étoiles des bergers tombant des doigts de Dieu,

Saphirs des encensoirs, or du céleste dôme,

Délices du Nebel, senteurs du Cinnamome,

Vos bruits harmonieux, vos splendeurs, vos parfums,

Pour un Ange attristé devenaient importuns;

Les cantiques sacrés troublaient sa rêverie,

Car rien n'y répondait à son ame attendrie;

Et soit lorsque Dieu même, appelant les esprits,

Dévoilait sa grandeur à leurs regards surpris,

Et montrait dans les Cieux, foyer de la naissance,

Les profondeurs sans nom de sa triple puissance;

Soit quand les Chérubins représentaient entre eux

Ou les actes du Christ ou ceux des Bienheureux,

Et répétaient au Ciel chaque nouveau mystère

Qui, dans les mêmes temps, se passait sur la Terre,

La crèche offerte aux yeux des Mages étrangers,

La famille au désert, le salut des bergers :

Éloa s'écartant de ce divin spectacle,

Loin de leur foule et loin du brillant Tabernacle,

Cherchait quelque nuage où dans l'obscurité
Elle pourrait du moins rêver en liberté.

———

Les Anges ont des nuits comme la nuit humaine.
Il est dans le ciel même une pure fontaine;
Une eau brillante y court sur un sable vermeil.
Quand un Ange la puise, il dort, mais d'un sommeil
Tel que le plus aimé des amants de la terre
N'en voudrait pas quitter le charme solitaire,
Pas même pour revoir dormant auprès de lui
La beauté dont la tête a son bras pour appui.
Mais en vain Éloa s'abreuvait de son onde,
Sa douleur inquiète en était plus profonde;
Et toujours dans la nuit un rêve lui montrait
Un Ange malheureux qui de loin l'implorait.

Les Vierges quelquefois pour connaître sa peine

Formant une prière inentendue et vaine,

L'entouraient, et prenant ces soins qui font souffrir,

Demandaient quels trésors il lui fallait offrir,

Et de quel prix serait son éternelle vie,

Si le bonheur du Ciel flattait peu son envie;

Et pourquoi son regard ne cherchait pas enfin

Les regards d'un Archange ou ceux d'un Séraphin.

Eloa répondait une seule parole :

« Aucun d'eux n'a besoin de celle qui console.

« On dit qu'il en est un...» Mais détournant leurs pas,

Les Vierges s'enfuyaient et ne le nommaient pas.

———

Cependant, seule un jour, leur timide compagne

Regarde autour de soi la céleste campagne,

Étend l'aile et sourit, s'envole, et dans les airs

Cherche sa Terre amie ou des astres déserts.

Ainsi dans les forêts de la Louisiane,
Bercé sous les bambous et la longue liane,
Ayant rompu l'œuf d'or par le soleil mûri,
Sort de son nid de fleurs l'éclatant Colibri;
Une verte émeraude a couronné sa tête,
Des ailes sur son dos la pourpre est déja prête,
La cuirasse d'azur garnit son jeune cœur;
Pour les luttes de l'air l'oiseau part en vainqueur...
Il promène en des lieux voisins de la lumière
Ses plumes de corail qui craignent la poussière;
Sous son abri sauvage étonnant le ramier,
Le hardi voyageur visite le palmier.
La plaine des parfums est d'abord délaissée;
Il passe, ambitieux, de l'érable à l'alcée,
Et de tous ses festins croit trouver les apprêts
Sur le front du palmiste ou les bras du cyprès.

Mais les bois sont trop grands pour ses ailes naissantes,

Et les fleurs du berceau de ces lieux sont absentes,

Sur la verte savane il descend les chercher;

Les serpents-oiseleurs qu'elles pourraient cacher

L'effarouchent bien moins que les forêts arides.

Il poursuit près des eaux le jasmin des Florides,

La nompareille au fond de ses chastes prisons,

Et la fraise embaumée au milieu des gazons.

   C'est ainsi qu'Éloa forte dès sa naissance,

De son aile argentée essayant la puissance,

Passant la blanche voie où des feux immortels

Brûlent aux pieds de Dieu comme un amas d'autels,

Tantôt se balançant sur deux jeunes planètes,

Tantôt posant ses pieds sur le front des comètes,

Afin de découvrir les êtres nés ailleurs,

Arriva seule au fond des Cieux inférieurs.

L'Éther a ses degrés d'une grandeur immense
Jusqu'à l'ombre éternelle où le Chaos commence.
Sitôt qu'un Ange a fui l'azur illimité,
Coupole de saphirs qu'emplit la Trinité,
Il trouve un air moins pur; là passent des nuages,
Là tournent des vapeurs, serpentent des orages,
Comme une garde agile et dont la profondeur
De l'air que Dieu respire éteint pour nous l'ardeur.
Mais après nos soleils et sous les atmosphères
Où dans leur cercle étroit se balancent nos sphères,
L'espace est désert, triste, obscur et sillonné
Par un noir tourbillon lentement entraîné.
Un jour douteux et pâle éclaire en vain la nue;
Sous elle est le Chaos et la nuit inconnue;
Et lorsqu'un vent de feu brise son sein profond,
On devine le vide impalpable et sans fond.

Jamais les purs esprits enfants de la lumière
De ces trois régions n'atteignent la dernière,

Et jamais ne s'égare aucun beau Séraphin

Sur ces degrés confus dont l'Enfer est la fin.

Même les Chérubins, si forts et si fidèles!

Craignent que l'air impur ne manque sous leurs ailes,

Et qu'ils ne soient forcés dans ce vol dangereux

De tomber jusqu'au fond du Chaos ténébreux.

Que deviendrait alors l'exilé sans défense?

Du rire des Démons l'inextinguible offense;

Leurs mots, leurs jeux railleurs, lent et cruel affront,

Feraient baisser ses yeux, feraient rougir son front.

Péril plus grand! peut-être il lui faudrait entendre,

Quelque chant d'abandon voluptueux et tendre,

Quelque regret du Ciel, un récit douloureux,

Dit par la douce voix d'un Ange malheureux.

Et même en lui prêtant une oreille attendrie

Il pourrait oublier la céleste patrie,

Se plaire sous la nuit, et dans une amitié

Qu'auraient nouée entre eux les chants et la pitié.

2.

Et comment remonter à la voûte azurée,

Offrant à la lumière éclatante et dorée

Des cheveux dont les flots sont épars et ternis,

Des ailes sans couleurs, des bras, un col brunis,

Un front plus pâle, empreint de traces inconnues,

Parmi les fronts sereins des habitants des nues,

Des yeux dont la rougeur montre qu'ils ont pleuré,

Et des pieds noirs encor d'un feu pestiféré ?

 Voilà pourquoi, toujours prudents et toujours sages,

Les Anges de ces lieux redoutent les passages.

———

C'était là cependant, sur la sombre vapeur,

Que la Vierge Éloa se reposait sans peur;

Elle ne se troubla qu'en voyant sa puissance,

Et les bienfaits nouveaux causés par sa présence.

Quelques mondes punis semblaient se consoler ;

Les globes s'arrêtaient pour l'entendre voler.

S'il arrivait aussi qu'en ses routes nouvelles,

Elle touchât l'un d'eux des plumes de ses ailes,

Alors tous les chagrins s'y taisaient un moment,

Les rivaux s'embrassaient avec étonnement ;

Tous les poignards tombaient oubliés par la haine ;

Le captif souriant, marchait seul et sans chaîne ;

Le criminel rentrait au temple de la loi ;

Le proscrit s'asseyait au palais de son Roi ;

L'inquiète Insomnie abandonnait sa proie ;

Les pleurs cessaient partout, hors les pleurs de la joie ;

Et surpris d'un bonheur rare chez les mortels,

Les amans séparés s'unissaient aux autels.

CHANT SECOND.

....

Séduction.

Chant Second.

SÉDUCTION.

Souvent parmi les monts qui dominent la terre
S'ouvre un puits naturel, profond et solitaire;
L'eau qui tombe du ciel s'y garde, obscur miroir
Où dans le jour on voit les étoiles du soir.
Là, quand la villageoise a sous la corde agile
De l'urne au fond des eaux plongé la frêle argile,
Elle y demeure oisive, et contemple long-temps
Ce magique tableau des astres éclatants.

Qui semble orner son front, dans l'onde souterraine,

D'un bandeau qu'envîraient les cheveux d'une Reine.

Telle, au fond du Chaos qu'observaient ses beaux yeux,

La Vierge en se penchant croyait voir d'autres Cieux.

Ses regards éblouis par des Soleils sans nombre,

N'apercevaient d'abord qu'un abîme et que l'ombre.

Mais elle y vit bientôt des feux errants et bleus,

Tels que des froids marais les éclairs onduleux;

Ils fuyaient, revenaient, puis s'échappaient encore;

Chaque étoile semblait poursuivre un météore;

Et l'Ange, en souriant au spectacle étranger,

Suivait des yeux leur vol circulaire et léger.

Bientôt il lui sembla qu'une pure harmonie

Sortait de chaque flamme à l'autre flamme unie :

Tel est le choc plaintif et le son vague et clair

Des cristaux suspendus au passage de l'air,

Pour que dans son palais la jeune Italienne

S'endorme en écoutant la Harpe-Éolienne.

Ce bruit lointain devint un chant surnaturel,

Qui parut s'approcher de la fille du ciel,

Et ces feux réunis furent comme l'aurore

D'un jour inespéré qui semblait près d'éclore.

A sa lueur de rose un nuage embaumé

Montait en longs détours dans un air enflammé,

Puis lentement forma sa couche d'ambroisie,

Pareille à ces divans où dort la molle Asie.

Là, comme un Ange assis, jeune, triste et charmant,

Une forme céleste apparut vaguement.

Quelquefois un enfant de la Clyde écumeuse

En bondissant parcourt sa montagne brumeuse,

Et chasse un daim léger que son cor étonna,

Des glaciers de l'Arven aux brouillards du Crona,

Franchit les rocs moussus, dans les gouffres s'élance,
Pour passer le torrent aux arbres se balance,
Tombe avec un pied sûr, et s'ouvre des chemins
Jusqu'à la neige encor vierge des pas humains.
Mais bientôt s'égarant au milieu des nuages,
Il cherche les sentiers voilés par les orages;
Là, sous un arc-en-ciel qui couronne les eaux,
S'il a vu dans la nue, et ses vagues réseaux,
Passer le plaid léger d'une Écossaise errante,
Et s'il entend sa voix dans les échos mourante,
Il s'arrête enchanté, car il croit que ses yeux
Viennent d'apercevoir la sœur de ses aïeux,
Qui va faire frémir, ombre encore amoureuse,
Sous ses doigts transparents la harpe vaporeuse;
Il cherche alors comment Ossian la nomma,
Et debout sur sa roche appelle Évir-Coma.

Non moins belle apparut, mais non moins incertaine,
De l'Ange ténébreux la forme encor lointaine,

Et des enchantements non moins délicieux
De la Vierge céleste occupèrent les yeux.

―――

Comme un cygne endormi qui seul, loin de la rive,
Livre son aile blanche à l'onde fugitive,
Le jeune homme inconnu mollement s'appuyait
Sur ce lit de vapeurs qui sous ses bras fuyait.
Sa robe était de pourpre, et flamboyante ou pâle,
Enchantait les regards des teintes de l'opale.
Ses cheveux étaient noirs, mais pressés d'un bandeau;
C'était une couronne ou peut-être un fardeau :
L'or en était vivant comme ces feux mystiques
Qui tournoyants, brûlaient sur les trépieds antiques.
Son aile était ployée, et sa faible couleur
De la brume des soirs imitait la pâleur.

Des diamants nombreux rayonnent avec grace
Sur ses pieds délicats qu'un cercle d'or embrasse ;
Mollement entourés d'anneaux mystérieux,
Ses bras et tous ses doigts éblouissent les yeux.
Il agite sa main d'un sceptre d'or armée,
Comme un Roi qui d'un mont voit passer son Armée,
Et craignant que ses vœux ne s'accomplissent pas,
D'un geste impatient accuse tous ses pas.
Son front est inquiet, mais son regard s'abaisse,
Soit que sachant des yeux la force enchanteresse,
Il veuille ne montrer d'abord que par degrés
Leurs rayons caressants encor mal assurés,
Soit qu'il redoute aussi l'involontaire flamme
Qui dans un seul regard révèle l'ame à l'ame.
Tel que dans la forêt le doux vent du matin
Commence ses soupirs par un bruit incertain
Qui réveille la terre et fait palpiter l'onde ;
Élevant lentement sa voix douce et profonde,

Et prenant un accent triste comme un adieu,
Voici les mots qu'il dit à la fille de Dieu :

———

« D'où viens-tu, belle Archange? où vas-tu? quelle voie
« Suit ton aile d'argent qui dans l'air se déploie ?
« Vas-tu te reposant au centre d'un Soleil,
« Guider l'ardent foyer de son cercle vermeil,
« Ou, troublant les amants d'une crainte idéale,
« Leur montrer dans la nuit l'Aurore boréale;
« Partager la rosée aux calices des fleurs,
« Ou courber sur les monts l'écharpe aux sept couleurs?
« Tes soins ne sont-ils pas de surveiller des ames,
« Et de parler, le soir, au cœur des jeunes femmes;
« De venir comme un rêve en leurs bras te poser,
« Et de leur apporter un fils dans un baiser ?
« Tels sont tes doux emplois, si du moins j'en veux croire
« Ta beauté merveilleuse et tes rayons de gloire.

« Mais plutôt n'es-tu pas un ennemi naissant

« Qu'instruit à me haïr mon rival trop puissant ?

« Ah ! peut-être est-ce toi qui m'offensant moi-même,

« Conduiras mes païens sous les eaux du baptême ;

« Car toujours l'ennemi m'oppose triomphant

« Le regard d'une vierge ou la voix d'un enfant.

« Je suis un exilé que tu cherchais peut-être,

« Mais s'il est vrai, prends-garde au Dieu jaloux, ton maître;

« C'est pour avoir aimé, c'est pour avoir sauvé,

« Que je suis malheureux, que je suis réprouvé.

« Chaste beauté ! viens-tu me combattre ou m'absoudre ?

« Tu descends de ce Ciel qui m'envoya la foudre,

« Mais si douce à mes yeux, que je ne sais pourquoi

« Tu viens aussi d'en haut, belle Ange, contre moi. »

———

Ainsi l'Esprit parlait. A sa voix caressante,

Prestige préparé contre une ame innocente,

A ces douces lueurs, au magique appareil

De cet Ange si doux à ses frères pareil,

L'habitante des Cieux, de son aile voilée,

Montait en reculant sur sa route étoilée,

Comme on voit la baigneuse au milieu des roseaux

Fuir un jeune nageur qu'elle a vu sous les eaux.

Mais en vain ses deux pieds s'éloignaient du nuage,

Autant que la colombe en deux jours de voyage

Peut s'éloigner d'Alep et de la blanche tour

D'où la Sultane envoie une lettre d'amour :

Sous l'éclair d'un regard sa force fut brisée;

Et dès qu'il vit ployer son aile maîtrisée,

L'ennemi séducteur continua tout bas :

───

« Je suis celui qu'on aime et qu'on ne connaît pas.

« Sur l'homme j'ai fondé mon empire de flamme

« Dans les désirs du cœur, dans les rêves de l'ame,

« Dans les liens des corps, attraits mystérieux,

« Dans les trésors du sang, dans les regards des yeux.

« C'est moi qui fais parler l'épouse dans ses songes ;

« La jeune fille heureuse apprend d'heureux mensonges ;

« Je leur donne des nuits qui consolent des jours,

« Je suis le Roi secret des secrètes amours.

« J'unis les cœurs, je romps les chaînes rigoureuses,

« Comme le papillon sur ses ailes poudreuses

« Porte aux gazons émus des peuplades de fleurs,

« Et leur fait des amours sans périls et sans pleurs.

« J'ai pris au Créateur sa faible créature ;

« Nous avons, malgré lui, partagé la nature :

« Je le laisse, orgueilleux des bruits du jour vermeil,

« Cacher des astres d'or sous l'éclat d'un Soleil ;

« Moi, j'ai l'ombre muette, et je donne à la terre

« La volupté des soirs et les biens du mystère.

« Es-tu venue, avec quelques Anges des Cieux,

« Admirer de mes nuits le cours délicieux ?

« As-tu vu leurs trésors ? Sais-tu quelles merveilles

« Des Anges ténébreux accompagnent les veilles ?

———

« Sitôt que balancé sous le pâle horizon

« Le Soleil rougissant a quitté le gazon,

« Innombrables esprits, nous volons dans les ombres

« En secouant dans l'air nos chevelures sombres :

« L'odorante rosée alors jusqu'au matin

« Pleut sur les orangers, les lilas et le thym.

« La nature, attentive aux lois de mon empire,

« M'accueille avec amour, m'écoute et me respire ;

« Je redeviens son ame, et pour mes doux projets

« Du fond des éléments j'évoque mes sujets.

« Convive accoutumé de ma nocturne fête,

« Chacun d'eux en chantant à s'y rendre s'apprête.

3.

« Vers le ciel étoilé, dans l'orgueil de son vol,

« S'élance le premier l'éloquent rossignol;

« Sa voix sonore, à l'onde, à la terre, à la nue,

« De mon heure chérie annonce la venue;

« Il vante mon approche aux pâles aliziers,

« Il la redit encore aux humides rosiers;

« Héraut harmonieux, partout il me proclame;

« Tous les oiseaux de l'ombre ouvrent leurs yeux de flamme.

« Le vermisseau reluit; son front de diamant

« Répète auprès des fleurs les feux du firmament,

« Et lutte de clartés avec le météore

« Qui rôde sur les eaux comme une pâle aurore.

« L'étoile des marais que détache ma main

« Tombe et trace dans l'air un lumineux chemin.

———

« Dédaignant le remords et sa triste chimère,

« Si la Vierge a quitté la couche de sa mère,

« Ces flambeaux naturels s'allument sous ses pas,

« Et leur feu clair la guide et ne la trahit pas.

« Si sa lèvre s'altère et vient près du rivage

« Chercher comme une coupe un profond coquillage,

« L'eau soupire et bouillonne, et devant ses pieds nus

« Jette aux bords sablonneux la Conque-de-Vénus.

« Des Esprits lui font voir de merveilleuses choses,

« Sous des bosquets remplis de la senteur des roses;

« Elle aperçoit sur l'herbe où leur main la conduit

« Ces fleurs dont la beauté ne s'ouvre que la nuit,

« Pour qui l'aube du jour aussi sera cruelle,

« Et dont le sein modeste a des amours comme elle.

« Le silence la suit, tout dort profondément;

« L'ombre écoute un mystère avec recueillement.

« Les vents des prés voisins apportent l'ambroisie

« Sur la couche des bois que l'amant a choisie.

« Bientôt deux jeunes voix murmurent des propos

« Qui des bocages sourds animent le repos;

« Au fond de l'orme épais dont l'abri les accueille,

« L'oiseau réveillé chante et bruït sous la feuille.

« L'hymne de volupté fait tressaillir les airs,

« Les arbres ont leurs chants, les buissons leur concerts,

« Et sur les bords d'une eau qui gémit et s'écoule,

« La colombe de nuit languissamment roucoule.

« La voilà sous tes yeux l'œuvre du Malfaiteur;

« Ce méchant qu'on accuse est un consolateur

« Qui pleure sur l'esclave et le dérobe au maître,

« Le sauve par l'amour des chagrins de son être,

« Et dans le mal commun lui-même enseveli,

« Lui donne un peu de charme, et quelquefois l'oubli. »

    Trois fois, durant ces mots, de l'Archange naissante

La rougeur colora la joue adolescente,

Et luttant par trois fois contre un regard impur,

Une paupière d'or voila ses yeux d'azur.

CHANT TROISIÈME.

Ghute.

Chant Troisieme.

CHUTE.

D'où venez-vous, Pudeur, noble crainte, ǒ Mystère
Qu'au temps de son enfance a vu naître la terre,
Fleur de ses premiers jours qui germez parmi nous,
Rose du Paradis! Pudeur, d'où venez-vous?
  Vous pouvez seule encor remplacer l'innocence;
Mais l'arbre défendu vous a donné naissance;
Au charme des vertus votre charme est égal,
Mais vous êtes aussi le premier pas du mal.

D'un chaste vêtement votre sein se décore;

Ève avant le serpent n'en avait pas encore,

Et si le voile pur orne votre maintien,

C'est un voile toujours, et le crime a le sien.

Tout vous trouble; un regard blesse votre paupière;

Mais l'enfant ne craint rien, et cherche la lumière.

Sous ce pouvoir nouveau la Vierge fléchissait,

Elle tombait déja, car elle rougissait;

Déja presque soumise au joug de l'esprit sombre,

Elle descend, remonte et redescend dans l'ombre.

Telle on voit la perdrix voltiger et planer

Sur des épis brisés qu'elle voudrait glaner,

Car tout son nid l'attend; si son vol se hasarde,

Son regard ne peut fuir celui qui la regarde....

Et c'est le chien d'arrêt, qui, sombre surveillant,

La suit, la suit toujours d'un œil fixe et brillant.

O des instants d'amour ineffable délire !

Le cœur répond au cœur comme l'air à la lyre.

Ainsi qu'un jeune amant, interprète adoré,

Explique le désir par lui-même inspiré,

Et contre la pudeur aidant sa bien-aimée,

Entraînant dans ses bras sa faiblesse charmée,

Tout enivré d'espoir, plus qu'à demi vainqueur,

Prononce les serments qu'elle fait dans son cœur ;

Le prince des Esprits, d'une voix oppressée,

De la Vierge timide expliquait la pensée.

Éloa sans parler, disait : je suis à toi ;

Et l'Ange ténébreux dit tout haut : Sois à moi !

« Sois à moi, sois ma sœur ; je t'appartiens moi-même,

« Je t'ai bien méritée, et dès long-temps je t'aime ;

« Car je t'ai vue un jour. Parmi les fils de l'air

« Je me mêlais, voilé comme un Soleil d'hiver.

« Je revis une fois l'ineffable contrée,

« Des peuples lumineux la patrie azurée;

« Et n'eus pas un regret d'avoir quitté ces lieux

« Où la crainte toujours siége parmi des Dieux.

« Toi seule m'apparus comme une jeune étoile

« Qui de la vaste nuit perce à l'écart le voile;

« Toi seule me parus ce qu'on cherche toujours,

« Ce que l'homme poursuit dans l'ombre de ses jours,

« Le Dieu qui du bonheur connaît seul le mystère,

« Et la Reine qu'attend mon trône solitaire.

« Enfin, par ta présence habile à me charmer,

« Il me fut révélé que je pouvais aimer. »

« Soit que tes yeux voilés d'une ombre de tristesse,

« Aient entendu les miens qui les cherchaient sans cesse,

« Soit que ton origine aussi douce que toi,

« T'ait fait une patrie un peu plus près de moi,

« Je ne sais, mais depuis l'heure qui te vît naître,

« Dans tout être créé j'ai cru te reconnaître;

« J'ai trois fois en pleurant passé dans l'Univers

« Je te cherchais partout, dans un souffle des airs,

« Dans un rayon tombé du disque de la lune,

« Dans l'étoile qui fuit le ciel qui l'importune,

« Dans l'arc-en-ciel, passage aux anges familier,

« Ou sur le lit moelleux des neiges du glacier;

« Des parfums de ton vol je respirais la trace;

« En vain j'interrogeai les globes de l'espace;

« Du char des astres purs j'obscurcis les essieux,

« Je voilai leurs rayons pour attirer tes yeux,

« J'osai même, enhardi par mon nouveau délire,

« Toucher les fibres d'or de la céleste lyre.

« Mais tu n'entendis rien, mais tu ne me vis pas.

« Je revins à la Terre et je glissai mes pas

« Sous les abris de l'homme où tu reçus naissance.

« Je croyais t'y trouver protégeant l'innocence,

« Au berceau balancé d'un enfant endormi

« Rafraîchissant sa lèvre avec un souffle ami;

« Ou bien comme un rideau développant ton aîle,

« Et gardant contre moi, timide sentinelle,

« Le sommeil de la vierge aux côtés de sa sœur,

« Qui, rêvant sur son sein, le presse avec douceur.

« Mais seul je retournai sous ma belle demeure,

« J'y pleurai comme ici, j'y gémis, jusqu'à l'heure

« Où le son de ton vol m'émut, me fit trembler,

« Comme un prêtre qui sent que son Dieu va parler. »

Il disait; et bientôt comme une jeune Reine,

Qui rougit de plaisir au nom de souveraine,

Et fait à ses sujets un geste gracieux,

Ou donne à leurs transports un regard de ses yeux,

Éloa soulevant le voile de sa tête,

Avec un doux sourire à lui parler s'apprête,

Descend plus près de lui, se penche, et mollement

Contemple avec orgueil son immortel amant.

Son beau sein comme un flot qui sur la rive expire,

Pour la première fois se soulève et soupire;

Son bras comme un lis blanc sur le lac suspendu

S'approche sans effroi lentement étendu;

Sa bouche parfumée en s'ouvrant semble éclore

Comme la jeune rose aux faveurs de l'aurore,

Quand le matin lui verse une fraîche liqueur,

Et qu'un rayon du jour entre jusqu'à son cœur.

Elle parle, et sa voix dans un beau son rassemble

Ce que les plus doux bruits auraient de grace ensemble;

Et la lyre accordée aux flûtes dans les bois,

Et l'oiseau qui se plaint pour la première fois,

Et la mer quand ses flots apportent sur la grève

Les chants du soir aux pieds du voyageur qui rêve,

Et le vent qui se joue aux cloches des hameaux,

Ou fait gémir les joncs de la fuite des eaux :

———

« Puisque vous êtes beau , vous êtes bon , sans doute ;

« Car sitôt que des Cieux une ame prend la route,

« Comme un saint vêtement, nous voyons sa bonté

« Lui donner en entrant l'éternelle beauté.

« Mais pourquoi vos discours m'inspirent-ils la crainte?

« Pourquoi sur votre front tant de douleur empreinte?

« Comment avez-vous pu descendre du saint lieu ?

« Et comment m'aimez-vous, si vous n'aimez pas Dieu?»

Ce trouble des regards, grace de la décence,

Accompagnait ces mots forts comme l'innocence;

Ils tombaient de sa bouche aussi doux, aussi purs

Que la neige en hiver sur les coteaux obscurs;

Et comme tout nourris de l'essence première,

Les Anges ont au cœur des sources de lumière,

Tandis qu'elle parlait, ses ailes à l'entour,

Et son sein et ses bras répandirent le jour :

Ainsi le diamant luit au milieu des ombres.

L'Archange s'en effraie, et sous ses cheveux sombres

Cherche un épais refuge à ses yeux éblouis;

Il pense qu'à la fin des Temps évanouis,

Il lui faudra de même envisager son maître,

Et qu'un regard de Dieu le brisera peut-être;

Il se rappelle aussi tout ce qu'il a souffert

Après avoir tenté Jésus dans le désert.

4

Il tremble; sur son cœur où l'enfer recommence,
Comme un sombre manteau jette son aile immense,
Et veut fuir. La terreur réveillait tous ses maux.

Sur la neige des monts, couronne des hameaux,
L'Espagnol a blessé l'Aigle des Asturies,
Dont le vol menaçait ses blanches bergeries;
Hérissé, l'oiseau part et fait pleuvoir le sang,
Monte aussi vite au ciel que l'éclair en descend,
Regarde son Soleil, d'un bec ouvert l'aspire,
Croit reprendre la vie au flamboyant empire;
Dans un fluide d'or il nage puissamment,
Et parmi les rayons se balance un moment:
Mais l'homme l'a frappé d'une atteinte trop sûre;
Il sent le plomb chasseur fondre dans sa blessure;

Son aile se dépouille, et son royal manteau
Vole comme un duvet qu'arrache le couteau ;
Dépossédé des airs, son poids le précipite ;
Dans la neige du mont il s'enfonce et palpite,
Et la glace terrestre a d'un pesant sommeil
Fermé cet œil puissant respecté du Soleil.

Tel retrouvant ses maux au fond de sa mémoire,
L'Ange maudit pencha sa chevelure noire,
Et se dit, pénétré d'un chagrin infernal :
— « Triste amour du péché ! sombres désirs du mal !
« De l'orgueil, du savoir gigantesques pensées !
« Comment ai-je connu vos ardeurs insensées ?
« Maudit soit le moment où j'ai mesuré Dieu !
« Simplicité du cœur ! à qui j'ai dit adieu,

« Je tremble devant toi, mais pourtant je t'adore,

« Je suis moins criminel puisque je t'aime encore ;

« Mais dans mon sein flétri tu ne reviendras pas !

« Loin de ce que j'étais, quoi ! j'ai fait tant de pas !

« Et de moi-même à moi si grande est la distance

« Que je ne comprends plus ce que dit l'innocence,

« Je souffre et mon esprit par le mal abattu

« Ne peut plus remonter jusqu'à tant de vertu.

   « Qu'êtes-vous devenus, jours de paix, jours célestes !

« Quand j'allais, le premier de ces Anges modestes,

« Prier à deux genoux devant l'antique loi ,

« Et ne pensais jamais au-delà de la foi ?

« L'éternité pour moi s'ouvrait comme une fête ;

« Et des fleurs dans mes mains, des rayons sur ma tête,

« Je souriais, j'étais....J'aurais peut-être aimé ! »

   Le Tentateur lui-même était presque charmé,

Il avait oublié son art et sa victime,

Et son cœur un moment se reposa du crime.

Il répétait tout bas, et le front dans ses mains :

« Si je vous connaissais, ô larmes des humains ! »

Ah, si dans ce moment la Vierge eût pu l'entendre,

Si la céleste main qu'elle eût osé lui tendre

L'eût saisi repentant, docile à remonter..,

Qui sait ? le mal peut-être eût cessé d'exister.

Mais sitôt qu'elle vit sur sa tête pensive

De l'Enfer décelé la douleur convulsive,

Étonnée et tremblante elle éleva ses yeux,

Plus forte elle parut se souvenir des cieux,

Et souleva deux fois ses ailes argentées,

Entr'ouvrant pour gémir ses lèvres enchantées,

Ainsi qu'un jeune enfant s'attachant aux roseaux

Tente de faibles cris étouffés sous les eaux.

Il la vit prête à fuir vers les Cieux de lumière.

Comme un tigre éveillé bondit dans la poussière;

Aussitôt en lui *même, et plus fort désormais,*

Retrouvant cet esprit qui ne fléchit *jamais,*

Ce noir esprit du mal qu'irrite l'innocence,

Il rougit d'avoir pu douter de sa puissance,

Il rétablit la paix sur son front radieux,

Rallume tout-à-coup l'audace de ses yeux,

Et long-temps en silence il regarde et contemple

La victime du Ciel qu'il destine à son temple;

Comme pour lui montrer qu'elle résiste en vain,

Et s'endurcir lui-même à ce regard divin.

Sans amour, sans remords, au fond d'un cœur de glace,

Des coups qu'il va porter il médite la place,

Et pareil au guerrier qui, tranquille à dessein,

Dans les défauts du fer cherche à frapper le sein,

Il compose ses traits sur les désirs de l'Ange;

Son air, sa voix, son geste et son maintien, tout change.

Sans venir de son cœur, des pleurs fallacieux
Paraissent tout-à-coup sur le bord de ses yeux.
La Vierge dans le Ciel n'avait pas vu de larmes,
Et s'arrête; un soupir augmente ses alarmes.
Il pleure amèrement comme un homme exilé,
Comme une veuve auprès de son fils immolé;
Ses cheveux dénoués sont épars; rien n'arrête
Les sanglots de son sein qui soulèvent sa tête.
Éloa vient et pleure; ils se parlent ainsi :

———

Que vous ai-je donc fait ? Qu'avez-vous ? me voici.
—Tu cherches à me fuir, et pour toujours peut-être.
Combien tu me punis de m'être fait connaître !
—J'aimerais mieux rester, mais le Seigneur m'attend.
Je veux parler pour vous, souvent il nous entend.

— Il ne peut rien sur moi, jamais mon sort ne change,

Et toi seule es le Dieu qui peut sauver un Ange.

—Que puis-je faire, hélas! dites, faut-il rester?

— Oui, descends jusqu'à moi, car je ne puis monter.

—Mais quel don voulez-vous?—Le plus beau c'est nous-mêmes.

—Viens.—M'exiler du ciel?—Qu'importe si tu m'aimes?

Touche ma main. Bientôt dans un mépris égal

Se confondront pour nous et le bien et le mal.

Tu n'as jamais compris ce qu'on trouve de charmes

A présenter son sein pour y cacher des larmes.

Viens, il est un bonheur que moi seul t'apprendrai;

Tu m'ouvriras ton ame, et je l'y répandrai.

Comme l'aube et la lune au couchant reposée

Confondent leurs rayons, ou comme la rosée

Dans une perle seule unit deux de ses pleurs

Pour s'empreindre du baume exhalé par les fleurs,

Comme un double flambeau réunit ses deux flammes,

Non moins étroitement nous unirons nos ames.

« —Je t'aime et je descends. Mais que diront les Cieux? »

En ce moment passa dans l'air, loin de leurs yeux,
Un des célestes chœurs, où parmi les louanges
On entendit ces mots que répétaient des Anges :
« Gloire dans l'Univers, dans les temps, à celui
« Qui s'immole à jamais pour le salut d'autrui ! »
Les Cieux semblaient parler. C'en était trop pour elle.
Deux fois encor levant sa paupière infidèle,
Promenant des regards encore irrésolus,
Elle chercha ses Cieux qu'elle ne voyait plus.

Des Anges au Chaos allaient puiser des mondes.
Passant avec terreur dans ses plaines profondes,

Tandis qu'ils remplissaient les messages de Dieu,
Ils ont tous vu tomber un nuage de feu.
Des plaintes de douleur, des réponses cruelles
Se mêlaient dans la flamme au battement des ailes :

———

« Où me conduisez-vous, bel Ange ?—Viens toujours.
«—Que votre voix est triste, et quel sombre discours!
N'est-ce pas Éloa qui soulève ta chaîne?
J'ai cru t'avoir sauvé. — Non, c'est moi qui t'entraîne.
— Si nous sommes unis, peu m'importe en quel lieu!
Nomme-moi donc encore ou ta Sœur ou ton Dieu!
— J'enlève mon esclave et je tiens ma victime.
— Tu paraissais si bon! oh! qu'ai-je fait? — Un crime.
— Seras-tu plus heureux, du moins, es-tu content?
— Plus triste que jamais. — Qui donc es-tu? — Satan.»

FIN.

NOTICE

DES PRINCIPAUX OUVRAGES

NOUVELLEMENT PUBLIÉS

Par AMBROISE TARDIEU et BOULLAND,

Libraires, rue du Battoir, N° 12, à Paris.

La Muse Française, journal de Poésie et de Littérature, rédigé par MM. *Ancelot, Belmonté, Émile Deschamps, Desjardins, Holmont-Durand, Victor Hugo, Alex. Guiraud, Jules Lefèvre, Charles Nodier, Pichald, le comte Gaspard de Pons, le comte Jules de Resseguier, Saint-Valry, Soumet, le comte Alfred de Vigny*, etc., et mesdames *de Céré-Barbé, Desbordes-Valmore, Dufrénoy, Sophie Gay, Delphine Gay et Amable Tastu.*

Il paraît un numéro le 15 de chaque mois. Le prix de l'abonnement est 13 fr. pour six mois, et 24 fr. pour l'année; il faut ajouter 3 fr. 50 pour le port à l'étranger. Les lettres et l'argent doivent être adressés franc de port, à M. Ambroise Tardieu, Éditeur de la Muse Française, rue du Battoir, N° 12, à Paris.

OEuvres complètes de Lesage et Prévost, précédées des Éloges de Lesage qui ont partagé le prix d'éloquence décerné par l'Académie française, dans la séance du 24 août 1822; par MM. Malitourne et Patin; édition ornée de 114 figures et de musique, avec des couvertures imprimées, 55 vol. in-8°. Prix.   330 fr.

Le même, papier vélin.   660 fr.

Poèmes et Chants élégiaques, par A. Guiraud, imprimés avec luxe par M. Firmin Didot, et ornés de belles gravures; deuxième édition, 1 volume in-18, grand-raisin. Prix.   4 fr.

Papier vélin fig. avant la lettre et papier de Chine, 8 fr.

Choix moral de lettres de tous les auteurs qui se sont distingués dans le genre épistolaire, avec des notices sur chaque auteur, et orné de son portrait. Sévigné et Voltaire sont en vente. La troisième livraison comprendra Voiture et Balzac, madame de Maintenon et le tome premier des *Contemporains*.

Prix, in-12 et in-18, grand-raisin satiné.   3 fr. 50

Papier vélin satiné.   6 fr.

(Chaque Choix de lettres se vend séparément.)

OEuvres complètes de Michel L'Hospital, Chancelier de France, précédées d'un essai sur la vie et les ouvrages de l'auteur, et sur les principaux événements du seizième siècle, accompagnées de notes biographiques et critiques, et d'une traduction nouvelle des poésies latines et du testament; par Dufey (de l'Yonne). Édition in-8°, papier superfin d'Annonay. 4 vol. ornés de 30 gravures, par Ambroise Tardieu. L'ouvrage paraît par livraison.

Prix de chaque livraison ou demi volume avec un cahier de quatre planches.   5 fr.

Grand-raisin vélin d'Annonay.   15 fr.

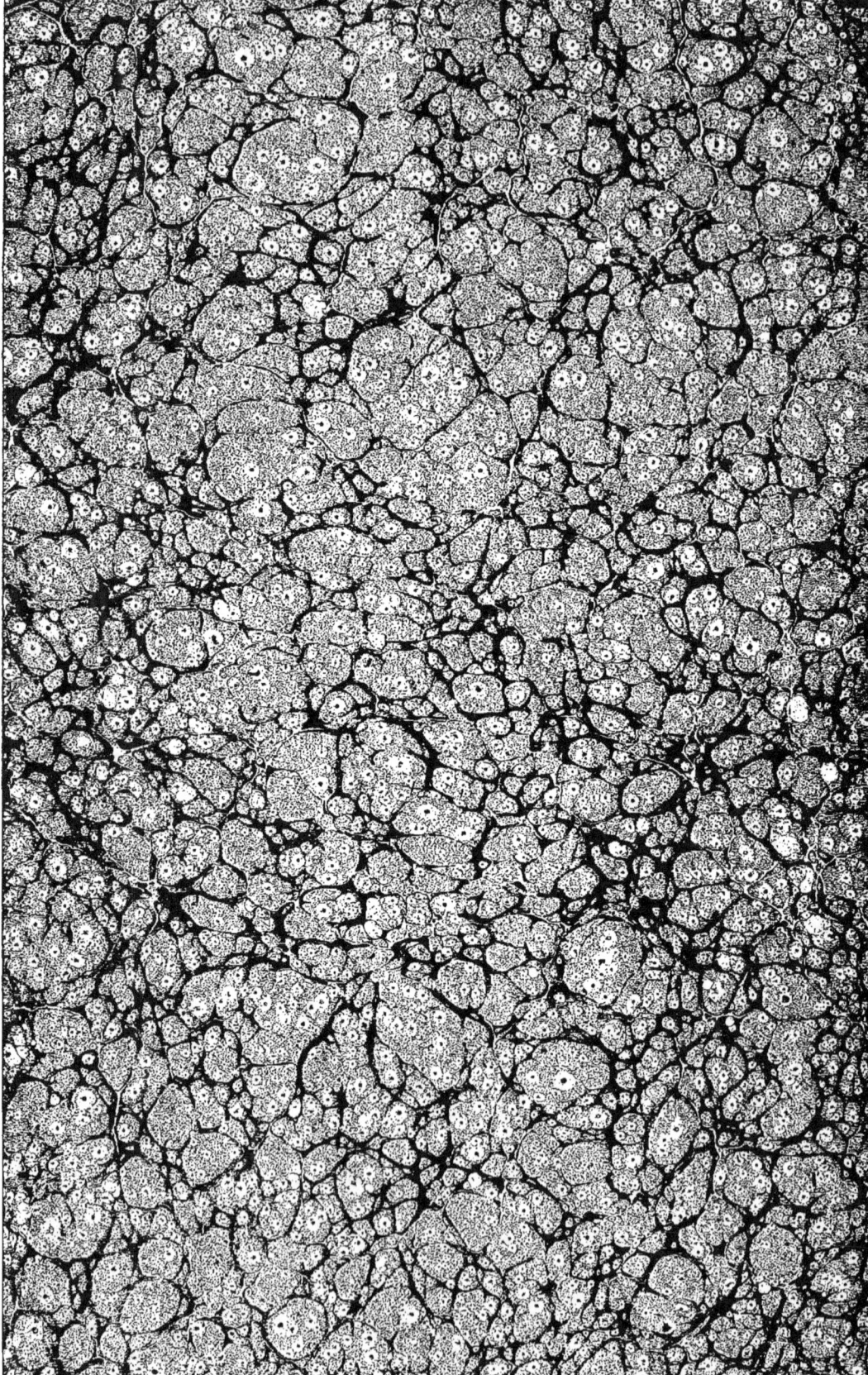

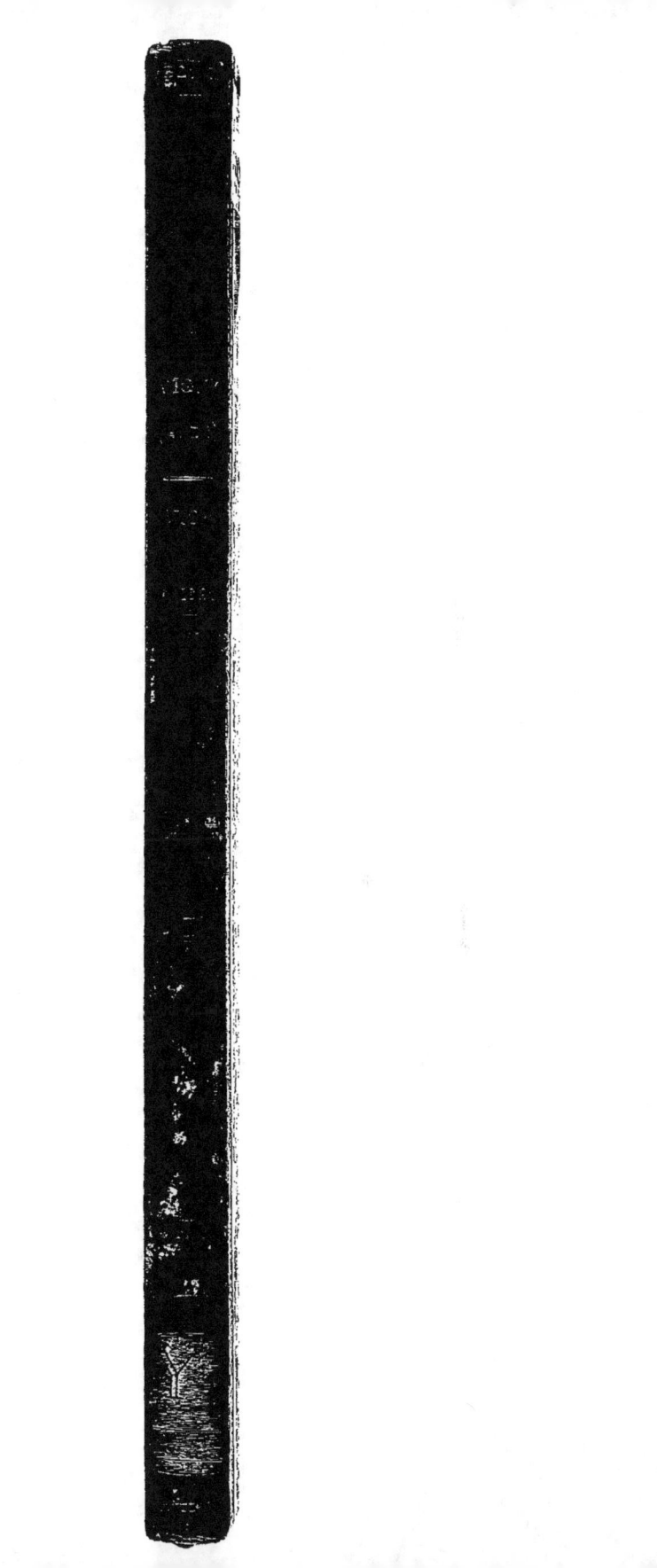

www.ingramcontent.com/pod-product-compliance
Lightning Source LLC
Chambersburg PA
CBHW070838280626
47161CB00015B/2334